LES MASSACRES

DE SYRIE

PAR HENRI CALLAND.

1860.

Prix 50 centimes.

Vendu au profit des chrétiens de Syrie.

Adresser le montant de chaque exemplaire en timbres-poste à l'Auteur, 12, rue Neuve-des-Wattelets, Amiens (Somme).

REMISE A MM. LES CHEFS D'INSTITUTIONS.

LES MASSACRES

DE SYRIE

PAR HENRI CALLAND.

1860.

Prix 50 centimes.

Vendu au profit des chrétiens de Syrie.

Adresser le montant de chaque exemplaire en timbres-poste à l'Auteur, 12, rue Neuve-des-Wattelets, Amiens (Somme).

REMISE A MM. LES CHEFS D'INSTITUTIONS.

LES MASSACRES

DE SYRIE

LES MASSACRES

DE SYRIE

PAR HENRI GALLAND.

1860.

PARIS

CHEZ LES PRINCIPAUX LIBRAIRES.

1860

LES MASSACRES DE SYRIE.

A MONSIEUR DE PONGERVILLE,

Membre de l'Académie française.

I.

Faible dominateur aux rives du Bosphore,
Lune à demi rongée et qui décroît encore,
Astre au front nébuleux, qui, toujours pâlissant,
Sous des astres nouveaux à l'éclatante face
Au sombre azur des cieux où ta clarté s'efface
Amincis ton frêle croissant,

Pourquoi ce regard triste et ce visage morne,
Sultan Abdul-Medjid...? de ton pouvoir sans borne
Sens-tu quelque lambeau par le vent emporté?
On dirait qu'une main infernale ou céleste
A gravé sur ton front comme un signe funeste
Ce mot sanglant: FATALITÉ!

De tes yeux allanguis on voit mourir la flamme :
En toi qui souffre donc ? Est-ce le corps ou l'âme ?
Tous deux en même temps sans doute ; car les rois
Boivent à triple coupe, heureux que l'on envie,
Pour irriter encor la fièvre de leur vie,
Peines et plaisirs à la fois.

Sens-tu ce froid mortel qui nous glace les veines,
Quand nous avons joui de voluptés trop pleines ?
Quand, flamme tremblotante, au lumignon usé,
La pensée agonise en notre cerveau vide ;
Quand le corps sans vigueur semble l'écorce aride
D'un fruit par le fer écrasé.

Non : sous de noirs soucis ta tête impériale
Penche ; comme un vaisseau battu par la rafale,
Tu sens frémir le sol où s'impriment tes pas :
Tes yeux errant au loin sur ton immense empire,
Cherchent, sans les trouver, et la main qui conspire
Et le poignard qu'on ne voit pas.

II.

Et cependant, transmis jusqu'à toi d'âge en âge
Tu tiens un glorieux et superbe héritage ;
Le destin a pris soin de te faire puissant :
Avant ces derniers temps de souffrance et d'épreuve

Ton empire imposant était comme un grand fleuve
Qui va toujours s'élargissant.

Sur l'étendard pompeux qu'au soleil on déroule,
Tes titres orgueilleux étincellent en foule;
Souverain absolu de cent peuples divers,
On t'y proclame grand, généreux, magnanime,
Libre dispensateur, par un droit légitime,
Des couronnes de l'univers;

Pour tous, suprême juge et suprême balance,
Prêtant l'ombre et le bois de sa divine lance
A toutes nations et générations;
Soutien, libérateur du fidèle qui souffre
Et demande secours, enfoncé dans le gouffre
Des cruelles afflictions;

Souverain de Turquie et du cœur de la terre,
Filleul de Mahomet; maître, propriétaire,
Unique, incommutable, avec tous leurs trésors,
Des célestes cités de la Mecque et Médine,
Du tombeau du prophète où le croyant s'incline,
Des Balkans, aux vingt châteaux-forts;

Empereur d'Istamboul et roi de Trébizonde:
De Brousse, d'Andrinople, où la terre est féconde;

De Smyrne, qu'un mur blanc de son écharpe enceint;
Gardien perpétuel de la ville sacrée,
Jérusalem, cité des peuples révérée,
Et gardien du sépulcre saint;

Roi des mers Blanche, Noire, et Rouge, et Méotique,
De l'Archipélagique et de l'Hellespontique;
Chef et grand Amiral du profond Océan;
Dans le creux de sa main, comme de vains atômes,
Tenant de plus encor soixante et dix royaumes,
Du levant jusques au couchant;

Possesseur redouté des mille promontoires
Qu'illustrèrent de noms les anciennes histoires;
Des côtes, golfes, ports, rivières, fleuves, caps
Fameux et renommés; de l'Arabie Heureuse,
D'Assouan; de la terre aride et sablonneuse
Où Mœris creusa ses grands lacs;

Protecteur des Hongrois, qui tient la Croatie
A son vaste pouvoir encore assujettie;
A la Porte de fer absolu commandant;
Souverain de l'Hedjaz et de la Magnésie,
De Memphis en Afrique et Bagdad en Asie,
Roi d'Orient, Roi d'Occident;

Grand seigneur, que vénère et craint la Barbarie,
Puissant en Géorgie et Prince en Tartarie ;
Maître de Rhodes, Chypre et lieux circonvoisins,
Qui tient pour sa sujette et sa subordonnée
La mer aux flots d'azur, la Méditerranée :
Cher ou terrible à ses voisins ;

Des républiques, rois ou princes en querelle
Arbitre, asile sûr et refuge fidèle ;
Roi des poissons de l'onde et des oiseaux de l'air ;
Au nom du grand Allah, qui commande et qui règne,
Favori du Très-Haut, son divin porte-enseigne
Et sur la terre et sur les mers.

III.

Oui, de titres pompeux ton orgueil s'environne :
D'un cercle éblouissant ta tête se couronne ;
De l'Euphrate au Sina l'on reconnaît ta loi ;
Oui, si l'on s'en rapporte à ces splendides marques,
Il n'est sur notre globe ou princes ou monarques
Plus grands, plus glorieux que toi :

Car ton empire est vaste, et cent peuples ensemble
Obéissent encor au nœud qui les rassemble :
Représentant sacré du prophète, tu peux

Garder, en y pesant selon ta fantaisie,
Un pied sur notre Europe et l'autre sur l'Asie
Avec la mer entre les deux.

Tu peux, en l'étendant jusqu'aux sables arides
De ton sceptre frapper les vieilles Pyramides,
Car l'Egypte est à toi : tu peux graver ton nom
Sur les Sphynx de granit dont Thèbes se décore,
Aux temples de Karnak que le soleil dévore,
Aux solitudes de Memnon ;

A toi le fleuve Nil qui déborde et féconde
Les champs bariolés que son courant inonde ;
A toi le riche Caire aux coupoles d'étain,
Aux minarets si blancs, aux canges si dorées,
A toi le Mokkatham aux cimes empourprées
Par les feux rouges du matin ;

A toi les forts canons aux formidables gueules,
Monstres aux flancs d'airain, broyant comme des meules
Le grain vivant frappé par leur boulet de fer ;
A toi le Top-Kanè, qu'un arsenal encombre,
Avec sa porte basse, aventureuse et sombre
Comme la porte de l'enfer ;

A toi le grand sérail, où dans les jours de fête,
Jadis à chaque ogive on plantait une tête ;
A toi les bains de marbre et d'albâtre, où l'azur
D'un ciel immaculé se tamise en étoiles,
Et sur le sein neigeux de la beauté sans voiles
Coule, resplendissant et pur ;

A toi Buykdéré, délices des sultanes,
Où sous les verts rameaux frémissants des platanes,
En rongeant son frein d'or vole ton blanc coursier ;
A toi le mont Liban et par delà Palmyre
Aux colonnes sans fin que le passant admire,
Damas, où l'on trempe l'acier ;

Tu peux, en agitant ton large cimeterre
De ton ombre effrayante au loin couvrant la terre,
T'élancer en criant : « Allah ! c'était écrit ! »
Et toucher à la fois, au désir de ton âme,
En étendant les bras, l'Orient qui s'enflamme
Et l'Occident qui s'assombrit.

IV.

Mais que dis-je ? à cette heure où tu ceins la couronne,
Ce n'est plus la terreur, hélas ! qui t'environne :

Qui craint encor ton glaive et tes canons tonnans ?
Titres, qui constellez l'étendard de la guerre,
Vous n'éblouissez plus qu'un stupide vulgaire,
Titres sonnans et résonnans !

Si ton front tout pensif et chargé de nuages
Se courbe, comme l'arbre au lever des orages,
Si ton pied interroge et cherche le chemin,
C'est que prévoyant trop la tempête prochaine,
Tu sens passer en l'air comme un souffle de haine,
C'est que tu penses à demain.

Demain ! jour ténébreux qui ne luit pas encore ;
Dont nul être ici-bas n'est sûr de voir l'aurore ;
Enfant mystérieux de l'avenir ; demain,
Semence qui peut être ou stérile ou féconde,
Poids lourd, qui peut changer l'équilibre du monde,
Et que Dieu garde dans sa main.

V.

Il est venu ce jour, plein d'un désastre immense,
Ce jour que par instant tu redoutais d'avance :
Là-bas, l'éclair a lui ;
L'écho de ton palais vibre au bruit du tonnerre ;

« Demain, murmurais-tu, pourra trembler la terre. »
Demain, c'est aujourd'hui !

C'est la lutte implacable, et l'affreuse tuerie;
Ces cris ont retenti par toute la Syrie:
« Guerre, mort aux Chrétiens:
» Qu'ils tombent sous le fer; que le feu les dévore;
» Frappez, tuez, pillez, exterminez encore;
» Point de grâce à ces chiens ! »

Contre ces ennemis, affamés de victimes,
Monstres, que l'on dirait sortis des noirs abîmes,
Quel asile ou quel port?
Du Sud à l'Aquilon, de Brousse aux Dardanelles
Une torche à la main étend ses larges ailes
L'ange noir de la mort.

Saints prêtres, que saisit le musulman farouche,
Un mensonge sauveur n'a point souillé leur bouche:
Le trépas leur sourit;
Plus haut que le poignard étincelant dans l'ombre
Ils ont vu de leurs yeux briller dans la nuit sombre
La croix de Jésus-Christ !

VI.

Ils se sont dit entr'eux, ces assassins, ces Druses,
Au bras qui tue, au cœur qui ment :
— L'Europe peut venir ; n'avons-nous pas nos ruses
Pour aveugler le châtiment ?
La paix est faite ; faite et conclue, et signée ;
Notre parole vaut de l'or ;
Cette femme, voyez, par nous fut épargnée ;
Que nous demande-t-on encor ?
Nous avons sous nos pieds brisé le cimeterre,
Calmé le lion rugissant ;
Est-ce donc notre faute, à nous, si, sur la terre
Il reste encor un peu de sang ?
Mais ils ne viendront point : leur menaçant langage
S'évanouira dans les airs,
Ainsi que sans tonnerre et sans foudre un orage
Meurt et s'évapore en éclairs.
Ne le savons-nous pas ? une âpre jalousie
Divise ces futurs héros ;
Leurs sabres dormiront, bien loin de notre Asie,
Rouillés au fond de leurs fourreaux.
A nous, pâles épis échappés aux faucilles,
Aux rudes labeurs condamnés,
Enfants et serviteurs, mères, femmes et filles

Des giaours exterminés :
Comme de vils troupeaux que la terreur soulève,
Inflexibles et sans remords,
Nous les fustigerons avec le plat du glaive
Qui fit de leurs pères des morts.

VII.

Mais toi que feras-tu, sultan, pour leur défense ?
Le crime triomphant échappe à ta puissance ;
Des larmes plein les yeux,
Plus faible qu'un roseau dans ta pourpre hautaine,
Tu tourmentes en vain ton poignard dans sa gaîne,
Et tu dis : « Je ne peux ! »

Eh bien ! si tu ne peux, vacillant sur ton trône,
Défendre et protéger l'honneur de ta couronne,
Un autre le fera :
Il est un glaive encor à défaut de tes armes ;
Au lamentable appel de la Syrie en larmes
La France répondra.

Soldats que l'on choisit pour cette cause sainte,
Ils n'échapperont point à votre rude étreinte ;
Guerre à ces inhumains !

Allez, partez, volez à des gloires sublimes;
La victoire, planant sur vous des hautes cimes
Vous montre les chemins.

Vous ne serez pas seuls aux luttes héroïques,
Car vous retrouverez, sur ces terres bibliques,
Notre noble étendard :
Allez, braves guerriers, que Dieu vous soit en aide;
Allez vaincre au rivage où s'illustra Tancrède,
Où triompha Richard !

2 Août 1860.

AMIENS. TYPOGRAPHIE DE CARON ET LAMBERT.

OUVRAGES DU MÊME AUTEUR.

	fr.	c.
La reine de Sardannah ou la Begum sombre, scènes orientales	2	»
La vengeance du Khalife	»	60
La Perle d'Orient	1	»
Zita la Bohémienne, paraissant par livraisons à 50 c.		
La Comète de 1858, pièce couronnée par l'Académie de Bordeaux.	»	50
Le Domino rose.	»	50
Épitre a Ponsard.	»	50

Pour paraître incessamment :

L'Aminte du Tasse, (traduction en vers).
Le Présent, le Passé, l'Avenir, trilogie.
Child Harold, de Byron, (traduction en vers).
Les Mémoires d'un Sifflet.
Dolorès, drame en cinq actes.
Le tort d'avoir raison, comédie en 3 actes.
La dernière Féerie (the last enchantment).
Le xixe siècle.
Marquis et Chevalier.
Les deux Colonnes.
La tour de Babel, etc., etc.

Adresser toutes les demandes accompagnées du montant en timbres-poste à l'auteur, 12, rue Neuve des Wattelets, Amiens (Somme).

Amiens. Typ. de C

www.ingramcontent.com/pod-product-compliance
Ingram Content Group UK Ltd.
Pitfield, Milton Keynes, MK11 3LW, UK
UKHW020457220726
13923UKWH00006B/2606

9 782016 168318